대나무에게

한 국 대 표
명 시 선
1 0 0

최 승 범

대나무에게

시인생각

■ 시인의 말

문득 『성호사설』이 앞을 가린다.
──죽균竹筠
──송심松心
이다.

무릇 사람살이 세상살이엔 이 두 가지를 앞세워야 한다
는 일깨움이 담겨 있었다.

이로부터 살아온 세월도 얼마런데, 아직 몸도 마음도 떳
떳한 사람구실을 다 못하고 있다.

철들자 한세상 다한다는 말, 한갓 상말만은 아닌 것인가.

2013년 봄에
최 승 범

시인의 말

1

서시序詩   15

여리시 오신 당신·1   16

여리시 오신 당신·49   17

처음 당신을 대했을 때
 -Mrs. Makoto에게   18

긴 연서戀書를 쓰려니
 -詩人 李東柱 先生 영전에   20

풍경   22

옛 단란團欒 -초옥기草屋記   23

도라지꽃   24

호접란   26

여름나기·1   27

동백잎이 짙어   28

수선화   29

청매   30

난 앞에서   31

능소화를 생각하며   32

동백冬柏   33

강아지풀   34

콩새   35

물싸리꽃의 정情   36

태산목련 꽃봉오리   38

애기기린초   39

조릿대의 노래   40

대나무에게   41

가을밤에   42

동목冬木을 바라보며   44

2

고죽苦竹　47

춘설찻종 밀쳐놓고　48

입춘 엽신　49

춘설　50

잎눈 트는 속에　51

초봄　52

녹음 아래서　53

나목　54

겨울 내장산　55

아침　56

관설觀雪　58

우화寓話　59

전쟁戰爭과 평화平和 −진묵설화震黙說話　60

박대　62

아가에게　63

동화　64

시인詩人의 무덤　65

은륜銀輪 −북경北京의 첫아침　66

푸른 숨결 −톨스토이 묘역墓域에서　67

꿈길　68

먼 고향 찾아 나서듯　70

시조 백일장　72

툴라 강　74

아, 온성이여　75

두만강, 두만강아・1　76

발해시조 고왕님께　77

3

독서당 -지난 풍속도   83

아랫목 -지난 풍속도   84

봄 술국 -냉이   85

섞박지 -지난 풍속도   86

하짓날   87

모닥불 -지난 풍속도   88

백로절   89

풍령風鈴   90

추위 -지난 풍속도   91

입동 -지난 풍속도   92

된서리   93

팔일오 전후기　94

소설　96

마삭줄 −지난 풍속도　97

못김과 유자술 −지난 풍속도　98

고갯길 −지난 풍속도　99

솜대낚시 −지난 풍속도　100

참새 −지난 풍속도　101

어느 날 문득　102

굴뚝새의 주검에　103

인두겁　104

최승범 연보　105

1

서시序詩

풀잎에 바람이듯
우리 서로 있자요

갈미봉 구름이듯
우리 서로 있자요

정자와 느티나무이듯
세월 하냥 있자요

여리시 오신 당신 · 1

줄 이랑마다의
이 푸른 물결

시옷 바람이
물결 따라 일고

햇살도
ㄹ닿소리로 구르는
고기떼의
은비늘

여리시 오신 당신 · 49

줄줄이
첫 줄부터 쪽 고른
못[苗] 이랑이여

장 장을 갈아들면
짙어 오는 물빛이여

파도여
눈 감자 밀려드는
겹겹의
아 파도여

처음 당신을 대했을 때
― Mrs. Makoto에게

처음 당신을 대했을 때
서느러운 강변에서
본

갸웃 동녘으로 기운
두렷한 달이었다

Mrs. Makoto
당신의
그 예쁘장한 명함을 받기 전

도쿄[東京]
거리를
거닐 땐 나에게
날개를 주었고

낏다점喫茶店에서
주고받던 이야기엔
항시 파르르 비둘기가 날았다

18

내 누이
꼭 누이만 같은 눈매의
Mrs. Makoto

긴 연서戀書를 쓰려니
— 詩人 李東柱 先生 영전에

참판공 손주로
어머니의 합장 속
해남海南 겨울 물가를
가슴 접해 자라신 분
조신操身ㅎ기
노소를 털고
'새댁'처럼
가꾸신 분

겨울 물가 풀리는
새봄이거늘
한 맺힌 가락도
눈발처럼 잦아들고
겨울 난
곤마困馬의 피로도
풀릴 법
느꼈는데

청자항아릴 채워 온
당신의 시심詩心도

불 한번 못 당겼다는
당신의 통곡도
국면局面을
쓸으시는가

야윈 망아지의 목장에
새 풀이 돋을 때마다
'강강술래'로 맑은
당신 시時에 젖으며
우리들
긴 연서戀書를 쓰려니
두 눈 감고
무지개 띄우시라

풍경

새 촉기로 돋아
돋아 들 것을 믿지만
하르르 손 흔들고
네가 떠난 날로부터
나날의
내 풍경들엔
아스름한
강물뿐

하르르히 손 흔들며
뒤돌아 뒤돌아보던
네 눈언저린
내 간잔저름한 시선 끝

오늘도
꽃으로 피어 있지만
물너울 속
풍경일 뿐

옛 단란團欒

— 초옥기草屋記

호박 너댓 덩이
윗목에 거둬 놓고
──둥글넓적 곱다랗다……
아내의 시설떪에
눈 온 밤
호박떡 둘러앉은
옛 단란이
서린다

도라지꽃

밤내 숯불처럼 앓다가
새벽녘 숨이 이울고 만
짜박짜박 거닐던
어린 누이가 간
안산의
뻐꾸기 철이면
피었었지
도라지꽃

앞 개울 건너오는
긴 날의 뻐꾸기 소리
나는 안산의
푸른 숲을 헤매었지
—여기 핀
도라지꽃인가
저기도 핀
도라지꽃

숯불처럼 앓던 누이야
이운 숨결 이젠 안온히

맑은 바람 데불고
산들아 우냐
도라지꽃을 보면
나의 목은
뻐꾸기

호접란

간댕거린 회초리 끝
외로움인가 했더니
한 빛 외로움들
어느제 이리 모여
이제는
흥결로 풀어
춤 잔치를
펼치는가

한 열흘쯤이면
사설도 끝날 법한데
서른 날도 더
진진키만 하구나
오늘은
춤사위에 젖다가
외로움 끝
꽃을 본다

여름나기 · 1

진도 나들이에서
마삭풀 한 떨기
고목등걸 놓아
분에 올렸지 지난 봄
탈 없이
여린 넌출 벋어
잎도 피워
내더니

진도 바닷바람
어림없는 둘레인데도
눈 줄 때마다
푸른 몸 흔듦이더니
이 여름
흰 웃음 풀어
더위도 날려
주는가

동백잎이 짙어

한 그루 동백나무
뜰에 옮겨 20여 년
요즘 또 한 재미를
더하게 되었다네
잎 짙어
겨울밤 참새들의
둥주리가
된 거야

늙은 내외 지키는 집
아침이면 창문 열고
포르릉 포르릉
은싸라기 금싸라기
참새들
되질하는 소리
환한 빛살
재미라네

수선화

진눈깨비 철떡거린
날씨일 때면
네 생각이지
푸르름 빛 돋우는
그 기운
칼날 서슬 세운
당찬 매무새
네 생각이지

검은 바위서리
박한 둘레일 때도
네 생각이지
하얀 빛 향 길어내는
그 마음
옹송그리지 않는
환한 웃음
네 생각이지

청매

푸른 댓잎 사운대며
눈송일 터는 아침

바라던 매화 가지
새 잔치를 벌인다

거니는
가난한 뜰이
되레 포근하여라

흰 진주 구슬 같은
한 송이가 갓 벙근다

새 천지가 열림을
바라보는 기쁨이다

오두막
낡은 집을 탓하랴

물결 돋는
마음인 걸

난 앞에서

밤중에 언뜻 깨면
눈도 없는 막막한 하늘
밝힌 촛불에
시침은 두 시를 갓 넘고
윗목에
난도 외론 잠을
이내 설쳐
깼나 보다

한동안 서성대 온
허허한 쓴잔으로
대화를
멀리하던 난과
마주보는 이 밤
잎새에
앉은 먼지 닦아주면
마음도
조찰히 열리고

능소화를 생각하며

고향 어린 시절
한 자락 그림이다
뒤란 햇살 끌어
덮개를 연 장독
장 내음
일렁이던 울안을
밝혀 주던
등불

가죽나무 타오르던
꼬인 등줄기에
까마귀 한 마리
날아 와 울면
—휘어이.
휘어이 날려도 내려앉던
마을 안의
적막

동백冬柏

하늘도 땅도 바람도
푸른 꿈 가꿀 때엔
낙낙한 숨결
푸르러이 일렁이다
그 꿈을
침노하는 눈바람이면
—해보라
몸맵시다

침노하던 눈바람도
—어찌해 볼 길 없다
제풀에 겨워
터덜터덜 물러설 쯤이면
보란 듯
—어림반푼도 없지
터뜨린
웃음이다

강아지풀

야윈 땅에서도
바지런한 숨결이더니
촘촘히 가꾸던
양근 씨알들 거두고
입동절立冬節
허여 센 꼬리
하늘 치켜
담담하다

콩새

연록빛 새 눈 트는
울 안 꽃사과 나무에
콩새 짝이 없이
날아 와 앉았다
쫑 표롱
가질 옮는 탁구공
눈빛은
쥐눈이콩

물싸리꽃의 정情

전주에서 서울
서울에서 미시령을 넘고
속초에서 낙산사
낙산사에서 통일전망대
들과 산
파도 부서지는 바닷가
물싸리꽃
정이데

고향의 어린 시절
밭머리 산기슭에도
잎 피기 전의 봄철
산자가루 같은 꽃을 달고
햇살 속
강아지 꼬리치던
물싸리꽃
그 정이데

통일전망대의 망원경 속
북녘의 산과 들에도

원산으로 이어진다는
해안선 돌무더기 옆에도
봄인가
물싸리꽃은 피어
고향이듯
정이데

태산목련 꽃봉오리

푸르름 푸르름 속
알꼴 큰 촛불 밝혀
곧고 바르게 선
합장의 일념 기구
속된 이
범접도 못 하겠네
저 축원의
빛살

애기기린초

강마른 바위에서도
드센 바람에도
주어진 터전에서
다복다복 자랐는가
늬들의
맑은 웃음소리
내 가슴의
미리내

조릿대의 노래

1

우리는 우리끼리
오종종 오붓하다
즐거움 서러움
네 내 것 따로 없고
다 함께
웃음 한숨 나누며
우리 노랜
늘 푸르다

2

우리들 가냘프다
깔보아 웃지 말라
비바람 눈발에도
되챙기는 한마음
메마른
터전이래도
뿌리 질긴
삶이란다

대나무에게

설청의 눈부신 아침
너를 바라본다
너를 바라본다
따로 날이 있으랴
사철을
바라보아도
너로 설 수
없는 것을

설청의 이 아침에
너를 다시 바라본다
개운히 스미는 빛이여
성글어 맑은 소리여
빼어난
밋밋한 마디여
부추겨다오
나를 나를

가을밤에

귀뚜라미 더불어
이 밤비에 젖는다
나는 방안에서
저는 뜰의 바위틈에서
이 밤을
비에 젖는다
빗소리에
젖는다

영악스러울 것 없이
세상을 살자며
잠을 청해도
얇은 잠 이내 깨고
스산한
빗소리에 귀뚜라민
더욱 맵게 운다

무슨 한 저리 길어
이 밤 풀고 풀어도
못 다 푼 실꾸리인가

폭폭한 설움인가
빗소리
엷은 잠 밀어내도
어룰 길 없네
저 슬픔

동목冬木을 바라보며

내리던 눈이 멎고
햇살 싱그럽다

뜰 안 날아든
동목 가지 사일
날 옮는다
경쾌하다.

눈꽃 꽃가루로
하르르하르르 진다

앙상한 동목에도
수액은 돌고 있겠지

실가지
저 말초까지
한 올 경색
없겠지.

2

고죽苦竹

마른 대나무는
푸른빛 가셨어도
그 성깔 한결
결을 이루었네
한생을
굳곧은 결로 산
부러운
삶이여

춘설찻종 밀쳐놓고

연휴의 창 앞을
산자락이 다가서고
나비 날 듯 벌이 날 듯
눈이 오는 아침을
춘설차
찻종 앞턱을 고이면
내 그리운
얼굴들

꽃잎 같은 사람아
정겨운 사람아
서글거린 사람아
간잔조롬한 사람아
나무 순
새싹 같은 사람아
이렇듯 눈발 사이
오는 사람들

입춘 엽신

까칠히 추슬리던
어깨
지심地心에의 평형不衡을 찾고
살얼음 풀린 못에
낚싯대 한가하이.
새 길의
서울 전주, 2시간 40분에
몸을 부려 보시게나.

뜨락 양지 귀
나숭개 밭에
내 잠시 손을 대리.
아내의 튼 손등도
보드람이 아물었어,
조찰한
술상을 챙겨
우리 회포나 풀세.
오시게나.

춘설

가지가지 옮아 날며
지절대는 까치 꽁지
그 경쾌함으로
희뜩희뜩 날리는 눈
골목 안
잔치 마당으로
흥얼흥얼
흥얼인다

흐린 하늘이어도
눈앞은 환한 빛살
간밤 술 속도 풀려
되레 개운하고
볼에 와
닿는 촉감마다
손녀딸의
환희다

잎눈 트는 속에

젖빛 실타래를 푼
햇살 속나무 한 그루
여린 실가지
잎눈 틈을 보았는가
살포시
잎봉이 열리는 속
눈부빔을
보았는가

실가지 그 한 점을
바람도 비켜 돌고
멧새도 하늘 날며
노래를 부르데
어느 뉘
여기 미친 손길
없다고
이를 텐가

초봄

이건 너무했군
슬슬 어루만져 주고
아직 응달인가
빛살 보내 주고
검정빛
커튼일랑 걷자구
초록으로
바꿔 놓고

사라져갈 것들
쫓을 것 있는가
웅성대다가
제풀에 녹고 말겠지
오늘은
강물이 풀리거니
서둘 것 없네
훈훈하자구

녹음 아래서

백여우 날 듯한 숲 속
호수의 물결이다
세모시 적삼 안
여인의 분살이다
가지 새
지줄대는 새소리
운을 밟는
축가다

이 아래 반나절쯤
종아릴 쓸어내리며
팍팍한 삶의 길
숨이나 돌릴 일이다
가슴도
바람에 내맡기고
이마 땀이나
날릴 일이다

나목

모두들 떠났대도
난 실존하고 있다
가멸참이야
또 찬란함이야
스산한
비바람 따라
구름처럼 오가는 것

때론 매운바람이
날 채찍질해도
하얀 눈 아침이면
카랑한 물맛이다
뿌리야
뜨거운 실존
항시 꿈에
탄다

겨울 내장산

눈이 녹은 한 자락은
코끼리의 잔등빛이데
눈을 인 한 자락은
신선의 머리빛이데
한낮도
괴괴하여라
그리운 건
사람이데

호텔 안 큰 식탁을
혼자 앉아 점심 들자
표고버섯 덮밥에
내장이 온통 산 향기데
이 산의
단풍만을 말하지 말게
겨울 들면
신선이시리

아침

삼동이듯 마음 접고
옹송그려 누웠는데

조간을 가져온
'산山'이 놈이
커튼을 걷자

한 자락
부신 햇살이
밀물처럼 달려드네

가까운 과수원을
오고 가는
까치들이

여린 가질 흔든
음신
햇살을 타고 들어

머리맡
분들의 푸른 귀를
쫑그리
세워놓네

관설觀雪

지난여름 난리
용케 비킨 산천어 가족들
얼음 밑 물속에서
오붓한 꿈일지 몰라
분분히
내린 눈 속에서
산도 나무도
포근하다

함석이런가
슬레이트런가
옛정 소담한
초가지붕만 같아
분분히
내린 눈 속에서
무쪽 맛이
돋는다

우화寓話

그대 들었는가
족제비 벼룩 잡는 이야길
삐비꽃 입에 물고
강물에 몸을 잠가
벼룩들
삐비꽃으로 다 오르면
일거에 수장을
시킨다네

벼룩 쏘인 홧김에
벼룩을 잡는다고
송곳 잡아 든 사람
뛰는 벼룩 쫓다가
장판만
촘촘 구멍 내고 말더라는
이 이야기 또한
그대 들었는가

전쟁戰爭과 평화平和
── 진묵설화震默說話

봉서사의 윗절 상운암上雲庵
중들 탁발 가고
왜적의 침략전은
나라 안에 멎지 않고
대사大師는
홀로 가부좌하여
깊은 생각
잠겼다네

전쟁 속 논밭인들
때맞춰 가꾸겠는가
탁발승 바랑인들
선뜻선뜻 채우겠는가
달포를
타박타박 탁발이다
중들은
돌아왔네

가부좌한 무릎 위엔
먼지 소복 쌓이고

—대사님, 대사님.
중들이 울부짖자
대사 大師는
눈꺼풀 들어
—늬들 빨리
왔구나.

달포를 깐닥 않고
무얼 생각하였을까
왜적의 발굽소리
나라 안 자욱한데
풀벌레
풀벌레소리로 들어
홀로 입정 入定
사유 思惟였던가

박대

박대 열 마리를
채반에 널어 말리며
—여덟 마리에 만 원인걸 횡재했다
며, 시설거린다
두 마리
덤 받은 환희가
저리 벙벙
하다니

바스락바스락
싸락눈이라도 내리는 밤
박대 한 마리
소주 안주 삼으며
억대의
저 환희나 셈해볼까
어떤 맛이
돋을까

아가에게

─네.
아닌
─응.
응석이어도

봄날 햇살 아래
쫑쫑거리는 병아리

─응.
아닌
─네.
를 안 먼 날에도
봄 햇살 놓는
구슬이거라

동화

어린 봄 개울가를
간댕간댕 간댕거리는
아 얼마만인가
땅버들 버들강아지
—오요요
옛 손짓이자
은가룰 흩는
햇빛

시인詩人의 무덤

지난여름 용정龍井 땅
질척이던 빗속 길이
상달의 밤하늘
미리내로 놓이고
그 한끝
시인윤동주지묘詩人尹東柱之墓
반짝이는
별 하나

바람에 스치우는
이슬 같은 삶으로도
저리 달구던 가슴
한 줌 재로 묻혀
말없이
우부룩 풀뿐이더니
이 밤을 와
솟는 별

은륜銀輪

— 북경北京의 첫아침

밝은 창으로부턴
아무런 소리도 없다
—여기가 북경北京이지.
퍼뜩 정신이 들었다
일어나
창밖을 내다보자
와락 몰려드는
은빛 은빛

푸른 버드나무
양켠에 줄을 선 길을
일자장강一字長江
떼 지은 은어떼마냥
햇살 속
은빛 번득이는
산드러진
아침이다

푸른 숨결
— 톨스토이 묘역墓域에서

야스나야 폴리나는
온통 눈에 묻혀 있다
톨스토일 찾아가는 길
길섶 가문비만 푸른 길
바람도
에돌아가는가
태곳적인
안온이다

아 저기다 톨스토이 묘역은
하얀 눈에 덮여 있다
장방형의 무덤 테두리는
가문비 잎의 마름질이다
가문비
푸른 숨결에서는
─진리를… 나는 열애한다… 왜 저 사람들은…*
밭은 소리도 들린다

*) 톨스토이가 운명할 때 한 말.

꿈길

어디서 일어오는
바람인가 삽상한
어린 시절 고향도 같고
마을 앞 어귀를 나섰을 뿐인데
이 몸을
돌고 스쳐가는
달기만 한
바람이여

두리번거리자 바람결에
들려오는 노랫소리
—여기 살고 싶어라
연푸름한 빛의 초원
살랑이는 바람 속
얄프름한 구름 띄우고
다 함께 즐거움으로
더불어 살고 싶어라.
귀 익은
지난날의 노랫소리

'초원에서'
이 아닌가

내 발길 이윽고
아, 눈앞 펼쳐진
초원의 바다인가
장히 넓은 사막인가
눈 비벼
자세히 살피려
눈을 뜨니
꿈길이었어

먼 고향 찾아 나서듯

나설 채비 갖춰놓고
내일이면 길에 오를 것을
그새를 못 참아서
달떠지는 것인가
천 년도
더 지난 바람이
설레이기
때문이다

얼마나 그려오던
발해渤海에의 길이었던가
ㅡ발해는 우리 고구려
유민이 세운 나라(699~926).

'삼국사三國史'
끝자락 이야기였을 뿐
감중련坎中連
아니었던가

이 땅 발해의 나라

저 흙과 하늘과 바람
해와 달과 별과
거기 살아온 겨레의 숨결에

오늘의
내 눈과 귀 살갗도
젖어 볼 수
있다니

내 어찌 달뜨지
않을 수 있겠는가
갈 채비에는
공책 한 권 잊지 않았거니
먼 고향
찾아 나서듯
가분하게
나가리라

시조 백일장

연변 한인韓人의 서울에서
시조 백일장을 갖는다.
—'어머니/다리/뿌리/운동회/공원'
다섯 제목 중 하나를 고르고
또 한 수
자유로운 제목 내걸어
지으라고
하였다

지레짐작 빗나간 건
참가 어린이 숫자였다
초롱한 눈망울들
줄 이어 모여든다
아 이건
미리내를 이룬
별빛들이
아닌가

시조의 앞날 타령
'우물 안 개구리'였어
연변의 이 너른 천지
시조 사랑 총생叢生들 아닌가
우물 안
맹꽁징꽁일랑 털어버리고
가슴 활짝
펼치자구

툴라 강

하늘 솔개 날고 품 안 물고기 헤엄치거니
춤추는 고리버들
풀 메뚜기 제철이다
툴라 강 하냥 푸른 물길이거라
초원 누벼누벼 굼틀굼틀 한결같거라
영원하거라

아, 온성이여

너에겐 발해의 지맥地脈이
지층地層 밑을 돌고 있으리라
지난날 '다온평多溫平' 이름도
오늘의 이름 '온성穩城'도
뜨거운
정은 솟구치는데
달려갈 수
없구나

아 온성아 내 네 이름
목메어 부르는 소리
하마 들었으리라
어찌 까닥도 하지 않느냐
강기슭
버들가지라도
흔들어다오
온성아

두만강, 두만강아 · 1

너는 오늘도 말이 없구나
굼닐거릴 뿐이구나
물면이야 그렇다 치고
내장엔 무얼 감았느냐
두만강
아 두만강아
이 내 말문
열어다오

발해시조 고왕님께

1

발해 옛 강토 더터
가도가도 녹색 천지런데
가슴 펼치자 해도
간덩이 커지긴 새려
콩알로
자꾸만 콩알로
작아지기만
합니다.

2

당신은 겨레마다 지니고 싶은
금강석金剛石이십니다
나라의 광복 위해
쓸개 씹는 길을 택하셨고
흩어진
유민들에게도
쓸개를 갖도록 하셨습니다

3

강대국 당唐의 군사와
맞붙은 천문령天門嶺 전투를
슬기로이 이끄신
당신의 승전보를 기립니다
대조영大祚榮
당신의 이름 받든
만세 만세 소리를 듣습니다

천문령 승리로 하여
동모산東牟山에 도읍하고
고구려 천통天統을 돌이켜
고왕高王 재위 20년간
당신은
발해 나라의
금강석을 이루셨습니다

4

발해 나라 이루기까지
당신은 용장勇將이셨습니다
지장智將이셨습니다
아니 덕장德將이셨습니다
끝내는
왕도王道를 이루셨으니
따르지 않을 무리
있으리이까

5.

세상 일 성쇠盛衰를 말하지만
당신으로부터의 왕통王統이
15대 227년
무武, 문文, 선宣 왕들
성대聖代, 성국盛國의 이름
사방에 떨쳤는데
이 너른 대초원大草原 잃어버린
양羊이 되고 말다니

발해 시조 대조영
높은 고왕이시여
아 이제 당신은
어느 별자리에 계시옵니까
청구靑丘의
이 푸른 초원을
버린 별이라
영영 버리시겠습니까.

3

독서당
— 지난 풍속도

을사 분통 못 참고
독서당 헐어버린

고은古隱 선생은
죄인 자청한 삶이었고

창씨의
개명 바람 일자
최본崔本이
고집이었다

아랫목
— 지난 풍속도

할머닌 포대기께로
내 손을 이끄셨다

—'바깥바람이 차지야
손부터 녹이거라'

이윽고
밥상 물리고 나면
뒷산 부엉이
—'부엉 부엉'
울었다

봄 술국
― 냉이

봄 냉이 술국 맛은
석양 노을 한 자락 깐

이화집*의 해사한
미소에서 피어올랐다

고향이
항도랬던가 늙어도
곱다라니
늙었으리

*) 1970년대의 한 동안 전주시 중앙동에 있었던 목로주점.

섞박지
― 지난 풍속도

봄옷 갈아입은
맑은 햇볕 아래

섞박지 한 보시기
점심상의 점정點睛이다

상머리
흐뭇해하시던
어머니도
어려든다

하짓날

해 높이 하늘 높이
장장 하루 이 한 날

사통오달 툭 트인
다락에 번듯 누워

이저런
저울질도 깡그리
뭉개 잊은
이 하루

모닥불
― 지난 풍속도

어머니 박적물*에
등멱 받아 몸 식후고

할머니 팔베개하여
별자리도 익혔었지

한여름
고향의 밤은
모닥불도
정겨웠어

*) 바가지 물, 전라도 토박이말.

백로절

풀끝 맺힌 이슬
구슬구슬 영롱하고

풀벌레 소리 쏴쏴
한 가슴 밀어 들고

잊었던
분이 얼굴의
해맑은 빛
떠오르고

풍령風鈴

개오동나무 우듬지 끝
매달린 풍령이

해질녘 빈 골짜기를
개우랑개우랑 흔들고 있네

오늘이
상강절후인 것도
나는 잊고
있었다

추위
— 지난 풍속도

세상 추위도 이젠
농판스러워졌는가

땅글고 맵던 추위
문고리 쩍쩍 얼붙던 추위

설 추위
고추추위 어디 갔는가
맨숭거린
풍경이여

입동

— 지난 풍속도

코끝 빨간 추위
울안뿐이던가

이웃 댁네들도
부산한 울력이었어

김장은
반 양식이라며
고명도
푼푼했지

된서리

된서리 내린 아침
십 리 등굣길은

서릿발 웨석버석
외려 흥결이었어

아 이젠
초가삼간 무서린들
어디 볼 수
있던가

팔일오 전후기

1

그러니까 1945년
8월 15일이었어

'대동아전쟁'의 패망을
적성강 나루에서 듣고

곧바로
담임선생 생각에
십리 길 쏜살로
달렸었지

2

십리 길 순창 읍내
다다미방 뛰어들자

탁자 위 한 마름의
켄트지 놓였을 뿐

횅그렁
후지에다[藤枝久範] 선생은
떠나시고
없데

　3
학교는 9월 초 문을 열고
우리 말 우리 역사도

우리 선생 모시고
—'태산이 높다 하되 하늘 아래 뫼이로다'

교과서
없던 수업인데도
싱그럽던
꿈이었어

소설小雪

겨울 채비가 바쁘다
썩은새를 내린다

이엉을 엮는다
용마루를 올린다

놉 밥의
찬거리 장만이다

짧은 해도
부산하다

마삭줄
— 지난 풍속도

양사재養士齋* 지난날의
마삭줄이 떠오른다.

1950년 초여름의 일이었다. 세상은 난리 중이었는데 저
때 양사재에 우거하시던 가람* 선생께서는 마삭줄 분을 마련
하셨다. 때맞추어 벙근꽃이 방렬한 향기를 들려주고 있었다.

양사재
저 마삭줄의 기품을
되챙길 수
없을까.

*) 양사재 : 전주시 완산구 교동 58번지.
*) 가람 : 이병기李秉岐(1891~1968) 선생의 호.

못김과 유자술
― 지난 풍속도

1950년 봄의 어느 날
가람 댁*이 배경이었다

정운*이 방문 길엔
못김*과 유자술이 들려 있었다

시조시
이야기* 나누는
아름다움
환히 돋는다

* 가람 이병기 선생 댁 : 서울 종로구 계동 24번지.
* 정운 : 이영도 시인의 아호.
* 못김 : 쪽대기의 전라도 말.
* 이야기 : 이병기(1891~1968), 이영도(1916~1976) 두 시인의
            시조 이야기.

고갯길
— 지난 풍속도

아지랑이 아른거린
나른한 고갯길을

치렁처렁한
남보랏빛 댕기가

한낮도
겨운 이 시간을
다가오네
아슴푸레

솜대낚시
― 지난 풍속도

여울물 발목 풀며
솜대낚시 낚다가 놓았다가

심산한 마음일랑
까짓 것 잊자는데

해질녘
타는 노을이
안을 비춰
끓는가

참새
— 지난 풍속도

쫑쫑거린다고
우스워 마시게

작약한다는 말
날 두고 이름인 것을

햇살도
싸라기 쪼듯 하는
풍류를 그대
아시는가

어느 날 문득

시린 손 호호 불며
책상 앞 나앉자

잎줄기 바싹 마른
고엽이 따라와 앉는다

원고지
눈금 펼치자
셀로판지
감촉이다

굴뚝새의 주검에

땅길 물길 하늘길
다 눈멀었던 것이냐

판유리 아랑곳없이
뛰어든 새야 굴뚝새야

박치기
네 주검으로
질겁한
하루였다

인두겁

겸손과 오만
손바닥 뒤집듯

구름이다가
바람이다가

작태는
무상하여라

인두겁을
썼는가

1931년 전라북도 남원군 사매면 449번지에서 최성현崔成賢·
홍덕순洪德順을 어버이로 태어나다.

1937년 할아버지 고은古隱 최장우崔壯宇로부터 『추구推句』를
배우고, 다음해엔 『소학』을 읽다.

1949년 중학교 고등학교의 과정을 두 차례 월반하여 4년
만에 남원농업고등학교를 마치다.

1950년 6·25전쟁 때 보병 제11사단 제13연대에 위관급
尉官級 문관文官으로 종군하다.

1953년 신석정辛夕汀 시인의 장녀一林와 혼례를 올리다.

1954년 전북대학교 문리과대학 국어국문학과를 졸업하다.
전북대학교 상장 제1호로 총장상을 받다.

1955년 전북대학교 신문사 편집주임의 일을 보다.

1956년 전북대학교 대학원에서 「계축일기癸丑日記의 연구」로
문학석사 학위를 받다.

1957년 전북대학교 전임촉탁강사가 되다.

1958년 《현대문학》에 시조시 「설경雪景」 「소낙비」 「등고
登高」를 발표, 문단에 오르다.

1962년 전라북도 문화상 수상.

1965년 전북대학교 조교수가 되다.

1966년 일본 UNESCO 국내위원회 초청으로 2개월간 일본의
문학계·학계·언론계 및 유네스코 활동을 살펴보다.

1967년 전주UNESCO협회 상임이사로서 협회기관지 ≪도정道程≫의 편집을 맡다. 통권 18호까지 발행하다.

1969년 한국문인협회 전북지부장의 일을 맡다.
동인지 ≪전북문학≫을 주관하여 현재(2013.1) 통권 261호를 발행하다.

1970년 일본 교토[京都]에서 개최된 국제이해교육회의國際理解教育會議에 참석하다.

1971년 한국문화단체총연합회 전북지부장의 일을 맡다.
전북대학교 부교수가 되다.

1972년 한국문화재보호협회 전북지부장의 일을 맡다. 전라북도 도정자문위원이 되다.
전주시문화상 수상.

1974년 전북대학교 교양과정 부장의 일을 맡다.

1975년 전북외솔회장의 일을 맡다.

1979년 전북대학신문사 주간협의회 동남아 시찰단의 일원으로 필리핀·대만·홍콩 등지를 돌아보다.
정운시조문학상 수상.

1980년 전북대학교 대학원에서 「한국수필문학연구韓國隨筆文學研究」로 문학박사 학위를 받다. 전북대학교 대학원 국어국문학과 주임교수의 일을 맡다.

1981년 일본 도쿄[東京]에서 개최된 제11회 '세계평화에 관한 국제학술회의'에 참가하다.
중화민국 타이페이[臺北]에서 개최된 제1회 '한·중 작가회의'에 참가하다. 대한교원공제회 이사가 되다.

1982년 미국 필라델피아에서 개최된 세계평화교수협의회 주최의 국제학술회의에 참가하다.

1983년 서울신문사 향토문화대상 수상.

1984년 국제PEN클럽 도쿄대회에 참가하다.

1985년 전북대학교 인문과학대학 학장의 일을 맡다.
한국현대신인상 수상.

1986년 전주지방법원 조정위원의 위촉을 받다.

1987년 미국 뉴욕에서 개최된 국제문화재단 주최의 국제학술회의에 참가하다. 전북대학교 사회교육연구소 소장의 일을 맡다.
학농시가문학상 수상.

1989년 가람시조문학상 수상.

1990년 전북대학교 교무처장의 일을 맡다.
전북대학 교수 국외연수단의 일원으로 모스크바·소피아·런던을 돌아보다.

1992년 전북대학교 동창대상·춘향문화대상 수상.

1993년 일본 가고시마·규슈지방을 돌며 16세기 조선도공
朝鮮陶工의 발자취를 살펴보다.
황산시조문학상 수상.

1994년 일본 아이치현 중부대학에서 개최된 비교민속학회
주최의 동계민속학 연구 발표회에 참가하다.
목정문화대상·1995년 한국문학상 수상.

1996년 전북대학교를 정년으로 퇴임하다. 전북대학교 명예
교수가 되다. 일본 도쿄에서 개최된 제16회 세계시인
회의 일본대회日本大會에 참가하다. 국민훈장 석류장.

1997년 한국수필문우회 방중시찰단訪中視察團의 일원으로
중화민국을 둘러보다. 전주스타 상호저축은행 부설
고하문예관古河文藝館 관장의 일을 맡다.
동아일보사 동아문화센터 주최 우즈베키스탄 사진
촬영 행사에 참가하다.

1999년 몽골 울란바토르에서 개최된 제7차 아시아 시인대
회에 참가하다. 민족문학상 수상.

2000년 일본 도쿄에서 개최된 지구사地球社 주최의 '세계시
제世界詩祭, 2000도쿄'에 참가하다. 한림문학상 수
상.

2001년 홍콩에서 개최된 동방시화학회東方詩話學會주최 국
제 학술발표대회에 참가하다. '전주·지바[千葉]문
화교류회' 대표의 일을 맡다.

2002년 일본 오사카에서 개최된 '시조를 듣는 모임'에 히로오카 후미[廣岡富美] 초청으로 참석하다.
일본 도쿄에서 개최된 '하늘 하우스 발족기념 심포지엄'에 참석하다.
세계서예전북비엔날레 조직위원장을 맡다.

2003년 일본 미야자키 현대시연구회 '미완未完의 모임'에 참가,「시조에 대하여」를 이야기하다.

2005년 일본 미야자키[宮崎] '미완未完의 모임' 초청으로 시집『몽골기행』일역본 출판의 축하를 받다.(1월)
세계평화시인대회(8. 11~15일, 신라호텔·만해마을·금강산호텔)에 참석하다.

2009년 전북대학병원 호흡기내과 입원(6. 2일~6. 25일)

2011년 고하문학관 관장.

〖한국대표명시선100〗을 펴내며

한국 현대시 100년의 금자탑은 장엄하다. 오랜 역사와 더불어 꽃피워온 얼·말·글의 새벽을 열었고 외세의 침략으로 역경과 수난 속에서도 모국어의 활화산은 더욱 불길을 뿜어 세계문학 속에 한국시의 참모습을 드러내게 되었다.

이 나라는 글의 나라였고 이 겨레는 시의 겨레였다. 글로 사직을 지키고 시로 살림하며 노래로 산과 물을 감싸왔다. 오늘 높아져 가는 겨레의 위상과 자존의 바탕에도 모국어의 위대한 용암이 들끓고 있음이다.

이제 우리는 이 땅의 시인들이 척박한 시대를 피땀으로 경작해온 풍성한 시의 수확을 먼 미래의 자손들에게까지 누리고 살 양식으로 공급하는 곳간을 여는 일에 나서야 할 때임을 깨닫고 서두르는 것이다.

일찍이 만해는 「님의 침묵」으로 빼앗긴 나라를 되찾고 잃어가는 민족정신을 일으켜 세우는 밑거름으로 삼았으며 그 기룸의 뜻은 높은 뫼로 솟아오르고 너른 바다로 뻗어 나가고 있다.

만해가 시를 최초로 활자화한 것은 옥중시 「무궁화를 심고자」(≪개벽≫ 27호 1922. 9)였다. 만해사상실천선양회는 그 아흔 돌을 맞아 만해의 시정신을 기리는 일의 하나로 '한국대표명시선100'을 펴내게 된 것이다.

이로써 시인들은 더욱 붓을 가다듬어 후세에 길이 남을 명편들을 낳는 일에 나서게 될 것이고, 이 겨레는 이 크나큰 모국어의 축복을 길이 가슴에 새겨나갈 것이다.

만해사상실천선양회

한국대표명시선100 | **최 승 범**

대나무에게

1판1쇄 인쇄 2013년 4월 22일
1판1쇄 발행 2013년 4월 30일

지 은 이 최 승 범
뽑 은 이 만해사상실천선양회
펴 낸 이 이 창 섭
펴 낸 곳 **시인생각**
등 록 번 호 제2012-000007호(2012.7.6)
주   소 경기도 양평군 옥천면 고읍로 164
          ㈜476-832
전   화 (031)955-4961
팩   스 (031)955-4960
홈 페 이 지 http://www.dhmunhak.com
이 메 일 lkb4000@hanmail.net

값 6,000원

ISBN 978-89-98047-31-3 03810

※ 이 책은 만해사상실천선양회의 지원으로 간행되었습니다.